O CURIOSO CASO DE
BENJAMIN BUTTON

F. SCOTT FITZGERALD

O CURIOSO CASO DE
BENJAMIN
BUTTON

Tradução
Francisco Moreira Jr.

Principis

Esta é uma publicação Principis, selo exclusivo da Ciranda Cultural.
© 2023 Ciranda Cultural Editora e Distribuidora Ltda.

Traduzido do original em inglês
The Curious Case of Benjamin Button

Produção editorial
Ciranda Cultural

Texto
F. Scott Fitzgerald

Diagramação
Linea Editora

Editora
Michele de Souza Barbosa

Revisão
Fernanda R. Braga Simon

Tradução
Francisco Moreira Jr.

Design de capa
Ana Dobón

Preparação
Walter Sagardoy

Imagens
Venez Caitano

Dados Internacionais de Catalogação na Publicação (CIP) de acordo com ISBD

F553c	Fitzgerald, F. Scott
	O curioso caso de Benjamin Button / Fitzgerald, F. Scott ; traduzido por Francisco Moreira Jr. ; ilustrado por Venez Caitano. - Jandira, SP : Principis, 2023. 80 p. : il ; 15,50cm x 22,60cm. - (Clássicos da literatura mundial)
	Título original: The Curious Case of Benjamin Button ISBN: 978-65-5097-093-2
	1. Literatura americana. 2. Família. 3. Morte. 4. Afeto. 5. Reflexão. 6. Sentimentos. I. Moreira Jr. Francisco. II. Caitano, Venez. III. Título. IV. Série.
	CDD 810
2023-1490	CDU 821.111(73)

Elaborado por Lucio Feitosa - CRB-8/8803

Índice para catálogo sistemático:
1. Literatura americana 810
2. Literatura americana 821.111(73)

1ª edição em 2023
www.cirandacultural.com.br

No longínquo ano de 1860, a maneira correta de nascer era em casa. Presentemente, segundo me dizem, os sumos sacerdotes da medicina decretaram que os primeiros choros dos recém-nascidos devem ser soltos no ar antiestético de um hospital, de preferência de um hospital em voga. Por isso, a senhora e o senhor Roger Button estavam cinquenta anos à frente do estilo da época quando, em um dia do verão de 1860, decidiram que o seu primeiro bebê nasceria em um hospital. Jamais se saberá se esse anacronismo teve alguma influência na espantosa história que estou prestes a contar.

Vou lhe contar o que aconteceu e deixá-lo julgar por si.

Os Roger Buttons ocupavam uma posição invejável, tanto social quanto financeiramente, no pré-guerra de Baltimore. Eram parentes de famílias importantes, que, como todo sulista sabia, faziam parte da nobreza que povoava em grande parte a Confederação.

Essa foi a primeira experiência deles com o antigo e encantador costume de ter bebês, e o senhor Button estava naturalmente nervoso. Ele esperava que fosse um menino, para que pudesse ser enviado para a Faculdade de Yale, em Connecticut, instituição em que o próprio Button era conhecido havia quatro anos pelo apelido um tanto óbvio de "Punho".

Na manhã de setembro consagrada ao enorme acontecimento, ele levantou-se nervoso às seis horas, vestiu-se, ajustou uma calça impecável e correu pelas ruas de Baltimore para o hospital, para determinar se a escuridão da noite havia trazido uma nova vida em seu seio.

Quando estava a cerca de cem metros do Hospital Particular de Maryland para Damas e Cavalheiros, viu o doutor Keene, o médico da família, descendo os degraus da frente, esfregando as mãos com um movimento de limpeza, como todos os médicos são obrigados a fazer pela ética não escrita de sua profissão.

O senhor Roger Button, presidente da Roger Button & Co., Loja de Ferragens, começou a correr na direção do doutor Keene com muito menos dignidade do que a esperada de um cavalheiro sulista daquele pitoresco período.

– Doutor Keene! – chamou. – Doutor Keene!

O médico ouviu-o, deu meia-volta e parou à espera, com uma expressão de curiosidade se instalando no rosto severo e clínico à medida que o senhor Button se aproximava.

– O que aconteceu? – perguntou o senhor Button, ao chegar, numa agitação ofegante. – O que foi? Como está ela? Um menino? Quem é? O que…

– Fale com lógica! – exclamou o doutor Keene, asperamente. Parecia um tanto irritado.

– A criança nasceu? – perguntou, suplicante, o senhor Button.

O doutor Keene franziu a testa.

– Bem, sim, suponho… É como quem diz… – E lançou outro olhar curioso para o senhor Button.

– A minha mulher está bem?

– Está.

– É menino ou menina?

– Essa agora! – explodiu o doutor Keene, extremamente irritado. – Peço-lhe que vá e veja com os próprios olhos. Ultrajante! – Soltou a última palavra como se tivesse apenas uma sílaba. Depois virou-se, a resmungar: – Imagina que um caso como este beneficia a minha reputação profissional? Outro igual me arruinaria, arruinaria qualquer um.

– Mas, afinal, o que está acontecendo? – perguntou o senhor Button, em pânico. – Trigêmeos?

– Não, não se trata de trigêmeos! – respondeu o médico, cortante. – Sabe que mais? Vá e veja com os seus olhos. E arranje outro médico. Trouxe-o a este mundo, meu rapaz, e há quarenta anos sou médico da sua família, mas agora acabou! Estou farto. Não quero voltar a vê-lo nunca mais, nem ao senhor nem a qualquer um de seus familiares! Passe bem!

Virou as costas, bruscamente. E, sem dizer mais uma palavra, entrou na carruagem que o esperava à beira do passeio e partiu com ar fechado.

O senhor Button ficou parado no passeio, estupefato, tremendo da cabeça aos pés. Que horrível tragédia acontecera? Perdera de súbito toda a vontade de ir ao Hospital Particular de Maryland para Damas e Cavalheiros, e foi com extrema dificuldade que, um momento depois, impôs a si mesmo subir a escada e transpor a porta principal.

Uma enfermeira estava sentada atrás de uma mesa, na obscuridade opaca do átrio. Engolindo a vergonha que o atormentava, o senhor Button dirigiu-se a ela.

– Bom dia – ela o saudou, a olhá-lo agradavelmente.

– Bom dia. Eu sou… eu sou o senhor Button.

Diante de tais palavras, uma expressão de absoluto terror alastrou-se pelo rosto da jovem. Levantou-se como se fosse fugir do átrio, contendo-se apenas com aparente e grande dificuldade.

– Quero ver o meu filho – disse o senhor Button.

A enfermeira soltou um gritinho.

– Oh… com certeza! – exclamou de um jeito um tanto esganiçado. – É lá em cima. Bem lá em cima. Suba!

Apontou-lhe a direção, e o senhor Button, banhado por uma transpiração fria, virou-se, cambaleante, e começou a subir para o segundo andar. No átrio superior, dirigiu-se a outra enfermeira, que se aproximou dele com uma bacia na mão.

– Sou o senhor Button – gaguejou ele, custosamente. – Desejo ver…

Blém, blém blém! A bacia caiu ruidosamente, rolou na direção da escada e iniciou uma descida metódica, como se partilhasse o terror geral que aquele cavalheiro provocava.

– Quero ver o meu filho! – insistiu o senhor Button, à beira do colapso.

Blém! A bacia chegara ao andar de baixo.

A enfermeira conseguiu controlar-se e lançou ao senhor Button um olhar de profundo desprezo.

– Pois não, senhor Button – concordou, em voz abafada. – Pois não! Mas se soubesse em que estado pôs a todos nós nesta manhã! Em absoluto descontrole! O hospital jamais terá uma sombra de reputação depois…

– Apresse-se! – gritou ele, roucamente. – Não posso suportar isto!

– Nesse caso, venha por aqui, senhor Button.

Ele arrastou-se atrás dela. Ao fundo de um longo corredor, chegaram a um quarto de onde saía uma enxurrada de gritos e uivos – um quarto que, posteriormente, viria a ser conhecido como "quarto dos gritos". Entraram. Ao longo das paredes encontrava-se meia dúzia de berços de balanço, de esmalte branco, cada um com uma etiqueta atada à cabeceira.

– Bem – perguntou o senhor Button, ofegante –, qual é o meu?

– Está ali – respondeu a enfermeira.

Os olhos do senhor Button seguiram o dedo estendido, e eis o que viu: embrulhado em um volumoso cobertor branco, e parcialmente entalado em um dos berços, estava um velho que aparentava cerca de setenta anos de idade. Tinha o cabelo ralo quase branco, e saía-lhe do queixo uma longa barba cor de fumaça que balançava absurdamente, para a frente e para trás, soprada pela brisa que entrava pela janela. Olhou para cima, para o senhor Button, com olhos turvos e sem vida, dos quais espreitava uma pergunta intrigada.

– Eu estou louco? – esbravejou o senhor Button, cujo terror se transformara em raiva. – Isto é alguma horrível brincadeira de hospital?

– A nós não parece brincadeira alguma – respondeu, em tom grave, a enfermeira. – E não sei se o senhor é louco ou não… mas este é, sem sombra de dúvida, o seu filho.

O suor frio aumentou instantaneamente na testa do senhor Button. Ele então fechou os olhos e depois os abriu e voltou a olhar para o velho.

Não havia engano algum: estava olhando para um homem de setenta anos… um bebê de setenta anos cujos pés pendiam dos lados do berço em que repousava.

O velho olhou placidamente de um para o outro, durante um momento, e, de súbito, perguntou numa voz esganiçada e senil:

– É o meu pai?

O senhor Button e a enfermeira estremeceram violentamente.

– Porque, se é – continuou o velho, ranzinza –, quero que me tire deste lugar… ou, pelo menos, que lhes diga para pôr uma cadeira de balanço confortável aqui.

– De onde, em nome de Deus, você veio? Quem é você? – explodiu freneticamente o senhor Button.

– Não posso dizer exatamente quem eu sou – respondeu o queixoso –, porque nasci há apenas algumas horas, mas meu sobrenome certamente é Button.

– Está mentindo! Você é um impostor!

O velho voltou-se, cansado, para a enfermeira.

– Excelente maneira de dar as boas-vindas a um recém-nascido – queixou-se, com voz fraca. – Por que não lhe diz que está enganado?

– Está enganado, senhor Button – afirmou a enfermeira, com voz firme. – Este é o seu filho, e terá de se resignar com isso. Vamos pedir-lhe que o leve para casa o mais brevemente possível… ainda hoje.

– Para casa? – repetiu o senhor Button, incrédulo.

– Sim, nós não podemos ficar com ele aqui. Não podemos mesmo, compreende?

– O que muito me agrada – guinchou o velho. – É um belo lugar para um jovem de gostos tranquilos. Com toda essa gritaria e todos esses berros, não tenho conseguido pregar os olhos. Pedi qualquer coisa para comer – a sua voz adquiriu um tom esganiçado de protesto –, e trouxeram-me uma mamadeira de leite!

O senhor Button deixou-se cair em uma cadeira ao lado do filho e cobriu o rosto com as mãos.

– Valha-me Deus! – murmurou, horrorizado. – O que dirão as pessoas? O que devo fazer?

– Tem de levá-lo para casa – insistiu a enfermeira. – Imediatamente!

Uma imagem grotesca surgiu, com terrível clareza, diante dos olhos do homem torturado, uma imagem de si mesmo a caminhar pelas ruas cheias de gente da cidade com aquela pavorosa aparição a andar silenciosamente ao seu lado.

"Não posso. Não posso", gemeu.

As pessoas parariam para falar com ele, e o que ele diria? Ele teria de apresentar esse… esse septuagenário: "Este é meu filho, nascido nesta manhã". E então o velho enrolaria seu cobertor ao redor dele, e eles rastejariam, passando pelas lojas movimentadas, pelo mercado de escravos, passando pelas luxuosas casas do bairro residencial, além do asilo de idosos…

– Venha! Controle-se – pediu a enfermeira.

– Olhe aqui – anunciou o velho de repente –, se você acha que vou voltar para casa neste cobertor, está totalmente enganado.

– Os bebês sempre têm cobertores.

Com uma risadinha maliciosa, o velho ergueu o cobertor e mostrou um pequeno cueiro branco.

– Veja! – ele resmungou. – Isto é o que eles prepararam para mim.

– Os bebês sempre usam isso – respondeu a enfermeira, de maneira formal.

– Bem – disse o velho –, este bebê não vai vestir nada em cerca de dois minutos. Este cobertor dá coceira. Poderiam pelo menos ter me dado um lençol.

– Não tire, não tire! – o senhor Button disse, quase em estado de desespero. Então, virando-se para a enfermeira, perguntou: – O que devo fazer?

– Vá até a cidade e compre algumas roupas para o seu filho.

A voz do filho do senhor Button o acompanhou até o corredor:

– E uma bengala, pai. Eu quero uma bengala.

O senhor Button bateu violentamente a porta externa…

2

—**B**om dia – disse o senhor Button, nervosamente, ao empregado da Chesapeake Dry Goods Company. – Preciso comprar roupas para o meu filho.

– Que idade tem o seu filho?

– Cerca de seis horas – respondeu o senhor Button, sem a necessária reflexão.

– A seção de artigos para bebês fica nos fundos.

– Bem, não creio.. não tenho certeza de que é isso que quero. É que... trata-se de um bebê excepcionalmente grande.

– Lá estão também os tamanhos maiores para bebês.

– Onde fica a seção para meninos? – perguntou o senhor Button, mudando desesperadamente de rumo. Tinha a sensação de que o empregado farejaria, com certeza, o seu vergonhoso segredo.

– Bem aqui.

– Bem... – ele hesitou.

A ideia de vestir o filho com roupas de homem era repugnante para ele. Se, digamos, ele pudesse apenas encontrar um terno de menino bem grande, poderia cortar aquela longa e horrível barba, tingir o cabelo branco

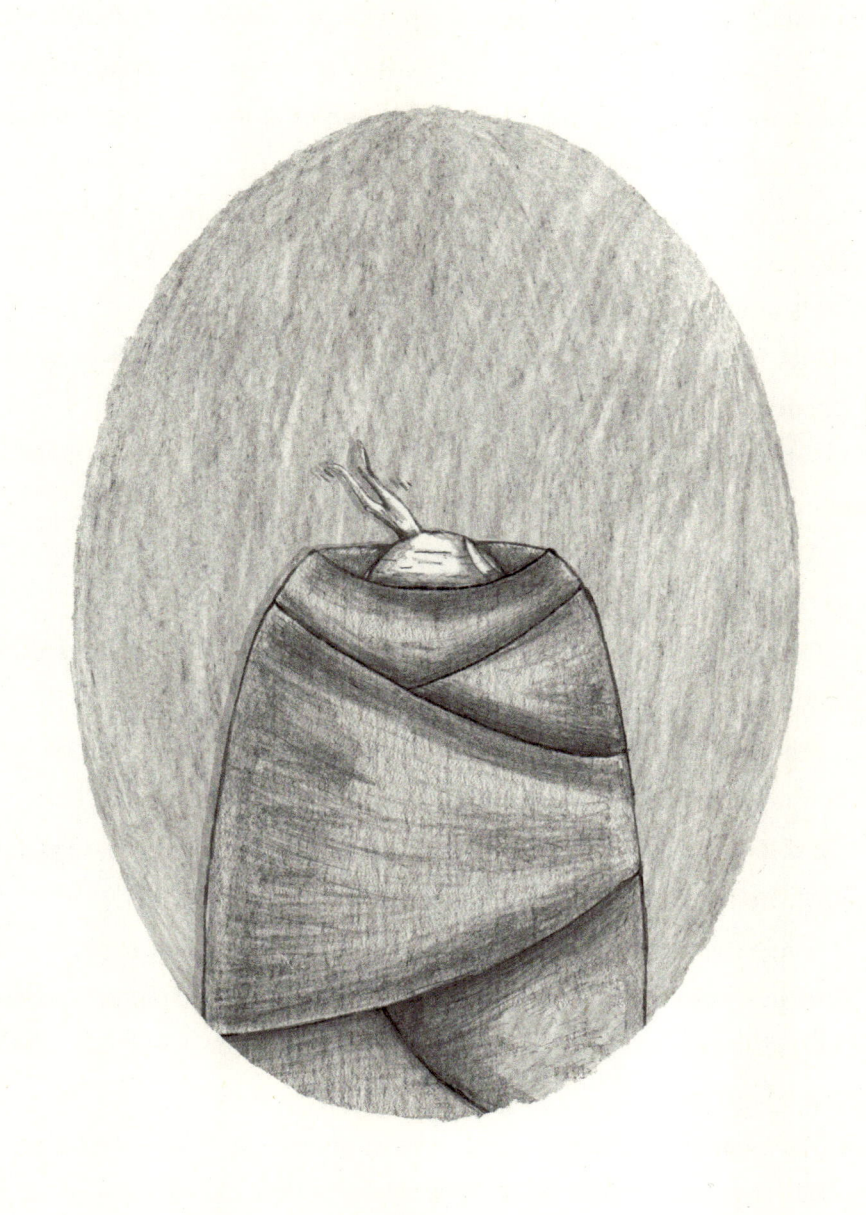

de castanho e, assim, conseguir esconder o pior e manter algo de seu próprio respeito, para não mencionar sua posição na sociedade de Baltimore.

Mas uma inspeção frenética no departamento masculino não revelou ternos para o recém-nascido Button. Ele culpou a loja, é claro – nesses casos, a culpa é da loja.

– Quantos anos você disse que aquele seu menino tinha? – perguntou o balconista com curiosidade.

– Ele tem dezesseis anos.

– Oh, imploro seu perdão. Eu pensei que você havia dito seis horas. Você encontrará o departamento de jovens no próximo corredor.

O senhor Button se virou desesperançoso. Então ele parou, iluminou-se e apontou o dedo em direção a um manequim vestido na vitrine.

– Ali! – exclamou. – Vou levar aquele terno, no manequim.

O funcionário ficou olhando.

– Ora – protestou –, esse não é um terno de criança. Ou é, mas para ocasiões elegantes. Você mesmo poderia usá-lo!

– Embrulhe –, insistiu o cliente, nervosamente. – É isso o que quero.

O funcionário, atônito, obedeceu.

De volta ao hospital, o senhor Button entrou no berçário e quase jogou o pacote no filho.

– Aqui estão suas roupas – disse o senhor Button, rispidamente.

O velho desamarrou o pacote e examinou o conteúdo com olhos curiosos.

– Elas parecem meio engraçadas para mim – reclamou –, e eu não quero ser feito de palhaço…

– Você fez de mim um palhaço! – retrucou o senhor Button ferozmente. – Não se preocupe com quão engraçado você está. Coloque-as, ou eu… vou bater em você. – Ele engoliu em seco ao dizer aquilo, no entanto sentiu que era a coisa certa a dizer.

– Tudo bem, pai – disse isso com uma simulação grotesca de respeito filial –, você viveu mais e sabe o que é melhor. Seja como diz.

Como anteriormente, o som da palavra "pai" fez com que o senhor Button reagisse com aspereza.

– E apresse-se.

– Estou me apressando, pai.

Quando seu filho estava vestido, o senhor Button o observou com tristeza. O traje consistia em meias pontilhadas, calça rosa e uma blusa com cinto e gola branca. Sobre esta última ondulava a longa barba esbranquiçada, caindo quase até a cintura. O efeito não era bom.

– Espere!

O senhor Button conseguiu uma tesoura de hospital e com três estalos rápidos amputou grande parte da barba. Mas, mesmo com essa melhoria, o conjunto ficou muito aquém da perfeição. O chumaço restante de cabelo desgrenhado, os olhos lacrimejantes, os dentes amarelados pareciam estranhamente fora de tom com a jovialidade do traje. O senhor Button, no entanto, obstinado, estendeu a mão para ele.

– Venha comigo! – disse severamente.

O filho segurou-lhe a mão com confiança.

– Do que você vai me chamar, pai? – Ele tremia enquanto saíam do berçário. – Apenas "bebê" por um tempo? Até que você pense em um nome melhor?

O senhor Button resmungou.

– Eu não sei – grunhiu. – Acho que vamos chamá-lo de Matusalém[1].

---

[1] Refere-se ao patriarca bíblico cuja longevidade se tornou notória.

3

Mesmo depois de lhe terem cortado o cabelo muito curto e pintado de um preto pouco natural, de terem barbeado seu rosto tão rente que até cintilava e de o terem vestido com roupas de rapazinho, feitas sob medida por um alfaiate espantado, foi impossível ao senhor Button ignorar o fato de o filho ser uma fraca desculpa como primeiro bebê da família. Apesar da corcova da idade, Benjamin Button – pois era assim que o chamavam, em vez de pelo apropriado mas detestável nome de Matusalém – tinha um metro e setenta e três de altura. O vestuário não ocultava isso, do mesmo modo que o aparar e o tingir das sobrancelhas não disfarçavam o fato de, por baixo delas, os olhos estarem opacos, lacrimosos e cansados. Por isso, a ama que fora contratada foi-se embora após lançar um único olhar para Benjamin, e em um estado de grande indignação.

Mas o senhor Button insistiu em seu inabalável propósito. Benjamin era um bebê e continuaria a ser um bebê. A princípio, declarou que, se não gostava de leite morno, continuaria sem comer nada, mas por fim deixou-se convencer e, optando pelo meio-termo, permitiu que o filho comesse pão com manteiga e até papa de aveia. Um dia levou para casa um chocalho e, ao dá-lo a Benjamin, impôs-lhe, clara e firmemente, que

deveria "brincar com aquilo", o qual o velho pegou com uma expressão indiferente, e com obediência fazia ser ouvido o tilintar em intervalos ao longo do dia.

Não havia dúvida de que o chocalho o entediava, então ele encontrava outras diversões mais apaziguadoras quando era deixado sozinho.

Certo dia, o senhor Button descobriu que, ao longo da semana anterior, fumara mais charutos do que nunca, um fenômeno que foi explicado poucos dias depois, quando, ao entrar inesperadamente no quarto do bebê, o encontrou envolto numa tênue névoa azulada e Benjamin tentando, com expressão culpada no rosto, esconder a bituca de um havana escuro. É claro que isso justificava um castigo severo, mas o senhor Button descobriu que não se sentia apto a fazer isso. Ele apenas avisou ao filho que aquilo "retardaria seu crescimento".

Apesar disso, persistiu na sua atitude. Levava para casa soldadinhos de chumbo, comboios de brincar, grandes e simpáticos animais feitos de algodão e, para fortalecer a ilusão que estava criando – pelo menos para si mesmo –, perguntou veementemente ao empregado da loja de brinquedos se "havia o risco de a tinta se soltar do pato cor-de-rosa se o bebê o colocasse na boca". Mas, apesar dos esforços do pai, Benjamin não se interessava pelos brinquedos. Descia sorrateiramente a escada dos fundos e voltava para o quarto de bebê com um volume da Enciclopédia Britânica sobre o qual se debruçava uma tarde inteira, enquanto as suas vacas de pano e a sua arca de Noé ficavam esquecidas no chão. De pouco valiam os esforços do senhor Button contra semelhante teimosia. A princípio, a sensação que o caso provocou em Baltimore foi imensa. Não é possível determinar o que semelhante revés teria custado, socialmente, aos Buttons e aos familiares, porque o deflagrar da Guerra Civil desviou a atenção da cidade para outros assuntos. Algumas pessoas inabalavelmente corteses espremiam os miolos em busca de elogios para fazer aos pais – e, por fim, descobriram

o engenhoso expediente de declarar que o bebê se parecia com o avô, fato que, em virtude do estado de decadência padrão de todos os homens de setenta anos, não podia ser negado. O senhor e a senhora Button não gostavam, e o avô de Benjamin sentia-se furiosamente insultado.

Benjamin, depois de deixar o hospital, aproveitou a vida como a encontrou. Vários meninos pequenos foram levados para vê-lo, e ele passou uma longa tarde tensa, tentando despertar o interesse por piões e bolas de gude. Ele até conseguiu, acidentalmente, quebrar uma janela da cozinha com a pedrada de um estilingue, feito que secretamente encantou seu pai.

Depois disso, Benjamin planejou quebrar alguma coisa todos os dias, mas fez isso apenas porque era o que se esperava dele e porque ele era, por natureza, amável.

Quando o antagonismo inicial de seu avô passou, Benjamin e aquele cavalheiro sentiam um enorme prazer na companhia um do outro. Eles ficavam sentados por horas, os dois, tão distantes em idade e experiência, e, como velhos camaradas, discutiam com incansável monotonia os lentos acontecimentos do dia. Benjamin se sentia mais à vontade na presença do avô do que na dos pais – eles pareciam sempre um tanto temerosos dele e, apesar da autoridade ditatorial que exerciam sobre ele, frequentemente o chamavam de "senhor".

Ele estava tão intrigado com a idade aparentemente avançada de sua mente e corpo quanto qualquer outra pessoa. Leu sobre isso no jornal médico, mas descobriu que nenhum caso desse tipo havia sido registrado anteriormente. Por insistência do pai, ele fez uma tentativa honesta de brincar com outros meninos e frequentemente participava dos jogos mais brandos. O futebol o abalava demais, e ele temia que, em caso de fratura, seus ossos antigos recusassem a se ligar novamente.

Aos cinco anos, foi mandado para o jardim de infância, onde se iniciou na arte de colar papel verde sobre papel laranja, de tecer mapas coloridos

e de fabricar colares de papelão. Ele tendia a cochilar e dormir no meio dessas tarefas, um hábito que irritava e amedrontava sua jovem professora. Para seu alívio, ela reclamou com os pais dele, e ele foi retirado da escola. Os Buttons disseram aos amigos que achavam que ele era muito jovem.

Quando ele tinha doze anos, seus pais já haviam se acostumado com ele. Na verdade, a força do costume é tão forte que eles já não achavam que ele era diferente de qualquer outra criança, exceto quando alguma curiosa anomalia os lembrava do fato. Mas um dia, algumas semanas depois de seu décimo segundo aniversário, enquanto se olhava no espelho, Benjamin fez, ou pensou ter feito, uma descoberta surpreendente. Será que seus olhos o enganaram ou seu cabelo, nos doze anos de sua vida, mudaram de branco para cinza-ferro sob a tintura? A rede de rugas em seu rosto estava se tornando menos pronunciada? Sua pele estava mais saudável e firme, com até mesmo um toque de cor avermelhada de inverno? Ele não sabia dizer. Ele sabia que não se curvava mais e que sua condição física havia melhorado desde os primeiros dias de sua vida.

"Pode ser?…", pensou consigo mesmo, ou melhor, mal ousava pensar.

Ele aproximou-se de seu pai.

– Estou crescido – anunciou com determinação. – Quero usar calças compridas.

Seu pai hesitou.

– Bem – ele disse finalmente –, eu não sei. Catorze anos é a idade para usar calças compridas, e você tem apenas doze anos.

– Mas você tem de admitir – protestou Benjamin – que sou grande para a minha idade.

O pai o olhou com ar de ilusória especulação.

– Oh, não estou muito certo disso. Eu era do seu tamanho quando tinha doze anos.

Não era verdade: fazia tudo parte do pacto silencioso que Roger Button fizera consigo próprio para acreditar na normalidade do filho. Por fim, chegaram a um acordo: Benjamin continuaria a pintar o cabelo. Tentaria de novo, e com mais empenho, brincar com rapazes da sua idade. Não usaria óculos nem andaria de bengala na rua. Em troca dessas concessões, ele poderia vestir calças compridas...

Da vida de Benjamin Button entre seu décimo segundo e vigésimo primeiro ano pouco pretendo dizer. Basta registrar que foram anos de crescimento normal. Quando Benjamin tinha dezoito anos, estava ereto como um homem de cinquenta e tinha mais cabelo, cuja cor era cinza-escuro. Seu passo era firme, sua voz havia perdido o tremor rachado, e ele havia se tornado um barítono saudável. Assim, seu pai o enviou a Connecticut para fazer os exames de admissão na Faculdade de Yale. Benjamin passou no exame e tornou-se um membro da classe de calouros.

No terceiro dia após a matrícula, recebeu uma notificação do senhor Hart, o secretário da faculdade, para se apresentar no gabinete dele, a fim de elaborar sua carga horária. Benjamin olhou-se no espelho e achou que o seu cabelo precisava de uma nova aplicação de tinta castanha, mas uma procura ansiosa na gaveta da escrivaninha revelou que o frasco da tinta para cabelo não se encontrava lá. Lembrou-se, então, de que no dia anterior ele gastara o que restava da tinta e havia jogado fora o frasco.

Encontrava-se diante de um dilema. Tinha de comparecer ao gabinete do secretário dali a cinco minutos. A isso não podia esquivar-se: tinha de ir tal qual se encontrava. E foi.

– Bom dia – disse o secretário, de maneira cortês. – Vem informar-se a respeito do seu filho.

– Bem, na verdade, chamo-me Button – começou Benjamin, mas o senhor Hart não o deixou acabar.

– Tenho muito prazer em conhecê-lo, senhor Button. Estou à espera do seu filho, de um momento para outro.

– Sou eu! – explodiu Benjamin. – Sou um calouro.

– O quê?!

– Sou um calouro.

– Está, com certeza, brincando.

– De modo algum.

O secretário franziu a testa e olhou para um cartão que tinha à sua frente.

– Como é possível, se o senhor Benjamin Button está aqui registrado como tendo dezoito anos?

– É essa a minha idade – afirmou Benjamin, corando ligeiramente.

O secretário olhou-o, entre curioso e enfastiado.

– Não espera, certamente, que eu acredite nisso, senhor Button.

Benjamin sorriu, cansado.

– Tenho dezoito anos – repetiu.

O secretário apontou, carrancudo, para a porta.

– Saia! – ordenou. – Saia da universidade e saia da cidade. É um louco perigoso.

– Tenho dezoito anos.

O senhor Hart abriu a porta.

– Que atrevimento! – gritou. – Um homem da sua idade tentando entrar aqui como calouro. Tem o quê, dezoito anos? Pois bem, dou-lhe dezoito minutos para sair da cidade.

Benjamin Button saiu do gabinete com dignidade, e meia dúzia de estudantes que esperavam no átrio o seguiu com o olhar, com curiosidade.

Quando se afastou um pouco, Benjamin voltou-se, encarou o enraivecido secretário, que continuava parado à entrada da porta, e repetiu, com voz firme:

– Tenho dezoito anos.

Seguido por um coro de risadas de gozação do grupo de estudantes, Benjamin deixou o local.

Mas não estava destinado a safar-se com tanta facilidade. Na sua caminhada melancólica para a estação ferroviária, percebeu que estava sendo seguido por um grupo, depois por um cortejo e, finalmente, por uma densa massa de estudantes. Correra o boato de que um louco transpusera a entrada da sala de exames de admissão em Yale e tentara impor a mentira de que era um jovem de dezoito anos. Alastrou pela universidade tamanha agitação que alunos saíram correndo das salas de aula, a equipe de futebol abandonou o treino e juntou-se à turba, as mulheres, com chapéus de lado e anquinhas fora do lugar, corriam aos gritos atrás do cortejo, do qual emanava uma sucessão contínua de comentários que tinham como alvo as delicadas suscetibilidades de Benjamin Button.

– Deve ser o Judeu Errante!

– Devia ir para a escola primária, com a sua idade!

– Olhem para o menino-prodígio!

– Achava que isto era o lar dos velhos!

– Vai para Harvard!

Benjamin apressou o passo e, pouco depois, começou a correr. Iria para Harvard, e, então, eles se arrependeriam dos seus agressivos sarcasmos!

Seguro dentro do trem para Baltimore, pôs a cabeça para fora da janela e gritou:

– Vão se arrepender disso!

A turba de estudantes caiu na gargalhada.

Foi o maior erro que o Yale College já cometera.

5

Em 1880, Benjamin Button tinha vinte anos e assinalou o seu aniversário indo trabalhar para o pai na Roger Button & Co., Loja de Ferragens. Nesse mesmo ano, começou a "sair socialmente" – ou seja, o pai insistiu em levá-lo a vários bailes em voga. Roger Button tinha, então, cinquenta anos, e ele e o filho faziam cada vez mais companhia um ao outro. Na verdade, desde que Benjamin deixara de pintar o cabelo (que ainda estava grisalho), pareciam ter mais ou menos a mesma idade e poderiam passar por irmãos.

Certa noite do mês de agosto, entraram em uma carruagem, ambos vestidos a rigor, e seguiram para um baile na casa de campo de Shevlin, que ficava logo à saída de Baltimore.

A noite estava magnífica. A lua cheia cobria a estrada com um tom platinado, e as flores de colheita tardia exalavam no ar aromas semelhantes a risadas furtivas, que mal se ouviam. O campo aberto, atapetado por hastes com trigo brilhante, era translúcido como durante o dia. Era quase impossível não ser afetado pela beleza absoluta do céu – quase.

– Há um grande futuro no negócio de secos e molhados – Roger Button dizia. Ele não era um homem espiritual; seu senso estético era rudimentar. – Tipos velhos como eu não aprendem novos truques – observou, em

tom profundo. – São vocês, jovens com energia e vitalidade, que têm um grande futuro pela frente.

Mais adiante na estrada, as luzes da casa de campo dos Shevlins surgiram, e logo houve um som de suspiro que se arrastou persistentemente para eles – pode ter sido o som fino de violinos ou o farfalhar do trigo prateado sob a lua.

Eles pararam atrás de uma carruagem bonita cujos passageiros estavam desembarcando na porta. Uma senhora saiu, depois um senhor idoso, depois uma jovem, linda como o pecado. Benjamin começou uma mudança quase química que parecia dissolver e recompor os elementos de seu corpo. Uma rigidez perpassou-lhe inteiro, o sangue subiu em suas faces, e havia um latejar constante em seus ouvidos. Foi o primeiro amor.

A garota era esguia e frágil, com cabelos cinzentos sob a lua e cor de mel sob as crepitantes lâmpadas de gás da varanda. Cobria-lhe os ombros uma mantilha espanhola de um suavíssimo amarelo salpicado de borboletas pretas, e os seus pés eram botões cintilantes rente à barra do vestido com anquinhas.

– Aquela – disse Roger Button, inclinando-se para o filho – é Hildegarde Moncrief, filha do general Moncrief.

Benjamin assentiu com frieza.

– Bonita jovem – disse ele, com indiferença. Mas, quando o empregado levou embora a charrete, ele acrescentou: – Pai, poderia me apresentar a ela.

Aproximaram-se de um grupo do qual a senhorita Moncrief era o centro. Educada segundo a antiga tradição, fez uma mesura acentuada. Sim, concedia-lhe uma dança. Ele agradeceu e afastou-se, estonteado. O compasso de espera, até que chegasse a sua vez, prolongou-se interminavelmente.

Benjamin manteve-se junto da parede, silencioso e impenetrável, observando com olhos mortíferos os jovens de Baltimore que se moviam ao redor de Hildegarde Moncrief e cujos rostos revelavam uma admiração

apaixonada. Como lhe pareciam detestáveis e insuportavelmente rosados! As costeletas castanhas encaracoladas deles despertavam-lhe um sentimento equivalente a indigestão.

Mas quando chegou a sua vez e deslizou com ela pelo salão ao ritmo da música da mais recente valsa parisiense, o ciúme e a ansiedade dissolveram-se e escorreram dele como um manto de neve. Cego pelo arrebatamento, sentiu que a vida estava apenas começando.

– O senhor e o seu irmão chegaram aqui ao mesmo tempo que nós, não chegaram? – perguntou Hildegarde, olhando-o com olhos que pareciam brilhante esmalte azul.

Benjamin hesitou. Se ela o tomava pelo irmão do seu pai, seria adequado esclarecer? Recordou-se da sua experiência em Yale e decidiu não o fazer. Seria indelicado contradizer uma dama; seria criminoso macular aquela requintada ocasião com a história grotesca de sua origem. Mais tarde, talvez. Por isso, acenou com a cabeça, sorriu, escutou e sentiu-se feliz.

– Gosto de homens da sua idade – disse-lhe Hildegarde. – Os rapazes novos são tão patetas! Dizem-me quanto champanhe beberam na faculdade e quanto dinheiro perderam em jogos de cartas. Os homens da sua idade sabem apreciar as mulheres.

Benjamin sentiu-se à beira de uma declaração, mas, com um esforço, sufocou o impulso.

– Tem, precisamente, a idade romântica – continuou ela –, cinquenta anos. Os vinte e cinco são experientes demais; os trinta têm tendência para a palidez devido ao excesso de trabalho; quarenta é a idade das longas histórias que demoram um charuto inteiro a serem contadas; os sessenta são, oh, os sessenta estão perto demais dos setenta, mas os cinquenta são a idade madura. Adoro os cinquenta.

Cinquenta anos pareceram a Benjamin uma idade gloriosa. Ansiou apaixonadamente por ter cinquenta anos.

– Eu sempre disse – continuou Hildegarde – que preferiria casar-me com um homem de cinquenta anos que cuidasse de mim a casar com um homem de trinta e ter de cuidar dele.

O restante da noite pareceu a Benjamin banhado por uma bruma cor de mel. Hildegarde concedeu-lhe mais duas danças, e descobriram que estavam maravilhosamente de acordo em todas as questões atuais. Ela iria passear de carro com ele no domingo seguinte, e, então, aprofundariam essas questões.

De regresso para casa na carruagem, pouco antes do romper da alvorada, quando as primeiras abelhas zumbiam e a desfalecente lua bruxuleava no orvalho fresco, Benjamin teve a vaga noção de que o seu pai estava falando de ferragens por atacado.

– ...E o que pensa que deveria merecer a nossa maior atenção, depois dos martelos e dos pregos? – perguntava o Button sênior.

– O amor – respondeu Benjamin, distraidamente.

– Tambor? – admirou-se Roger Button. – Mas eu já resolvi a questão dos tambores.

Benjamin fitou-o com olhos pasmos no preciso momento em que uma réstia de luz se abria subitamente no céu, do lado oriental, e um papa-figos piava agudamente nas árvores trêmulas.

Quando, seis meses depois, o noivado da senhorita Hildegarde Moncrief com o senhor Benjamin Button foi divulgado (eu digo "divulgado" porque o general Moncrief declarou que preferia cair sobre sua espada a anunciá-lo), a empolgação na sociedade de Baltimore chegou a um tom febril. A história quase esquecida do nascimento de Benjamin foi lembrada e espalhada nos ventos do escândalo em formas pitorescas e incríveis. Dizia-se que Benjamin era na verdade o pai de Roger Button, que ele era seu irmão e que esteve na prisão por quarenta anos, que ele era John Wilkes Booth disfarçado e, finalmente, que tinha dois pequenos chifres cônicos brotando da cabeça.

Os suplementos dominicais dos jornais de Nova York enfatizavam o caso com esboços fascinantes que mostravam a cabeça de Benjamin Button presa a um peixe, a uma cobra e, finalmente, a um corpo de latão maciço. Ele ficou conhecido, jornalisticamente, como o Homem Misterioso de Maryland. Mas a verdadeira história, como costuma acontecer, teve uma circulação muito pequena.

No entanto, todos concordavam com o general Moncrief que era "criminoso" uma linda garota, que poderia ter-se casado com qualquer bom partido em Baltimore, jogar-se nos braços de um homem que certamente

tinha cinquenta anos. Em vão, o senhor Roger Button publicou a certidão de nascimento de seu filho em letras grandes no Baltimore *Blaze*. Ninguém acreditou. Só era preciso olhar para Benjamin e ver.

Por parte das duas pessoas mais envolvidas, não houve hesitação. Tantas histórias sobre seu noivo eram falsas que Hildegarde se recusou obstinadamente a acreditar até mesmo na verdadeira. Em vão o general Moncrief apontou para ela a alta mortalidade entre os homens de cinquenta anos, ou, pelo menos, entre os homens que pareciam ter cinquenta, em vão ele contou a ela sobre a instabilidade do negócio de ferragens por atacado. Hildegarde havia escolhido casar-se por maturidade, e assim o fez.

Num ponto, pelo menos, os amigos de Hildegarde Moncrief estavam enganados: o negócio de ferragens por atacado. Nos quinze anos decorridos entre o casamento de Benjamin Button, em 1880, e a aposentadoria de seu pai, em 1895, a fortuna da família duplicou – e isso deveu-se, em grande parte, ao sócio mais jovem da firma.

Desnecessário seria dizer que Baltimore acabou por acolher o casal no seu seio. Até o velho general Moncrief se reconciliou com o genro, quando Benjamin lhe deu o dinheiro necessário para publicar a sua *História da Guerra Civil* em vinte volumes, que fora recusada por nove proeminentes editores.

Esses quinze anos trouxeram muitas mudanças ao próprio Benjamin. Tinha a impressão de que o sangue lhe corria nas veias com novo vigor. Começou a ser um prazer levantar-se de manhã, caminhar com passo vigoroso pela rua movimentada e cheia de sol, trabalhar incansavelmente com os seus embarques de martelos e os seus carregamentos de pregos.

Foi em 1890 que ele efetuou a sua famosa jogada comercial: apresentou a sugestão de que todos os pregos usados para pregar os caixotes em que os pregos são embalados constituem propriedade do expedidor, proposta que se tornou um estatuto, foi aprovada pelo juiz supremo Fossile e poupou à Roger Button & Co., Loja de Ferragens, mais de seiscentos pregos por ano.

Além disso, Benjamin descobriu que estava se sentindo cada vez mais atraído pelo lado alegre da vida. Foi característico do seu crescente entusiasmo pelo prazer o fato de ter sido o primeiro homem de Baltimore a possuir e conduzir um automóvel. Ao encontrá-lo na rua, os seus contemporâneos fitavam com inveja a sua imagem de saúde e vitalidade. "Parece tornar-se mais novo a cada dia", comentavam. E se, a princípio, o velho Roger Button, agora com sessenta e cinco anos, pecara por não dar ao filho as devidas boas-vindas, reparava agora, finalmente, essa falta tratando-o com o que equivalia a adulação.

Chegamos a um assunto desagradável que convém ultrapassar o mais depressa possível. Havia apenas uma coisa que preocupava Benjamin Button: a esposa deixara de atraí-lo.

Nessa altura, Hildegarde era uma mulher de trinta e cinco anos, com um filho, Roscoe, de catorze. Nos primeiros tempos de casamento, Benjamin a adorava. Mas, com o passar dos anos, o seu cabelo cor de mel tornara-se um castanho insípido, o esmalte azul dos seus olhos adquirira o aspecto de louça de barro barata, e além disso, e sobretudo, ela tornara-se acomodada demais na sua maneira de ser, plácida demais, satisfeita demais, débil demais nos seus arroubos e sóbria demais no seu gosto. Quando noiva, era ela quem arrastava Benjamin para bailes e jantares, mas agora a situação se invertera.

Saía socialmente com ele, mas sem entusiasmo, devorada já por aquela eterna inércia que, um dia, começa a viver com cada um de nós e permanece conosco até o fim.

O descontentamento de Benjamin foi se tornando cada vez mais forte. No início da Guerra Hispano-Americana, em 1898, a sua casa tivera para ele tão pouco encanto que resolvera alistar-se no exército. Graças à influência do seu negócio, obteve uma patente de capitão e revelou-se tão adaptável ao trabalho que o passaram a major e, por fim, a tenente-coronel, bem a tempo de participar da célebre arrancada pela San Juan Hill acima. Ficou ligeiramente ferido e recebeu uma medalha.

Benjamin afeiçoara-se tanto à atividade e à excitação da vida no exército que lamentou abandoná-la, mas o seu negócio requeria atenção, e, por isso, ele renunciou à sua comissão de serviço e voltou para casa. Foi recebido na estação por uma charanga e escoltado até sua casa.

8

Acenando com uma grande bandeira de seda, Hildegarde saudou-o no alpendre, e ele, ao mesmo tempo que a beijava, sentiu, com um baque no coração, que aqueles três anos tinham cobrado o seu tributo. Ela era agora uma mulher de quarenta anos, com uma leve e tímida linha de cabelos grisalhos na cabeça. Tal visão o deprimiu.

No andar de cima, no quarto, viu a sua imagem refletida no espelho familiar. Aproximou-se mais e examinou, ansioso, o próprio rosto, comparando-o, decorrido um momento, com uma fotografia sua, fardado, tirada imediatamente antes da guerra.

– Santo Deus! – exclamou, em voz alta.

O processo continuava. Não restava dúvida alguma: parecia agora um homem de trinta anos. Em vez de encantado, sentiu-se inquieto: ele estava se tornando mais novo. Até então, esperara que, uma vez atingida uma idade física equivalente à sua idade cronológica, o grotesco fenômeno que assinalara o seu nascimento deixaria de funcionar. Estremeceu, arrepiado. O seu destino parecia-lhe assustador, incrível.

Quando desceu, Hildegarde o esperava. Parecia irritada, e ele se perguntou se ela teria descoberto, finalmente, que havia alguma coisa errada. Foi num esforço para aliviar a tensão entre ambos que tocou no assunto, durante o jantar, de um modo que considerou delicado.

– Bem – comentou, em tom ligeiro –, todo mundo diz que pareço mais novo do que nunca.

Hildegarde fitou-o com desdém. E fungou.

– Acha que é motivo para se gabar?

– Não estou me gabando – afirmou ele, pouco à vontade.

Hildegarde fungou de novo.

– Que ideia! – exclamou e, passado um momento, acrescentou: – Achava que teria dignidade suficiente para acabar com isso.

– Como posso fazê-lo?

– Não vou discutir com você. Mas há uma maneira certa e uma maneira errada de fazer as coisas. Se resolveu ser diferente de todos, não creio que possa detê-lo, mas, com franqueza, não me parece uma atitude muito delicada.

– Mas, Hildegarde, não posso evitar que isso aconteça.

– Pode, sim. É, pura e simplesmente, teimoso. Não quer ser como qualquer outra pessoa. Sempre foi e sempre será assim. Mas pense no que aconteceria se todo mundo visse as coisas como você vê. Como seria o mundo?

Como se tratava de um argumento tolo, para o qual não havia resposta, Benjamin não disse nada. E, a partir desse momento, abriu-se, e começou a se alargar, um abismo entre ambos. Perguntou para si mesmo como era possível que ela tivesse exercido fascínio sobre ele.

Como se o abismo não bastasse, ele descobriu, à medida que o novo século avançava, que a sua sede de divertimento era cada vez maior. Não havia uma festa em Baltimore, fosse qual fosse a sua natureza, em que não estivesse presente, dançando com as mais bonitas das jovens mulheres casadas, conversando com as mais populares das debutantes e achando encantadora a companhia de todas elas, enquanto sua esposa, uma velhota agourenta, se sentava entre os dois de paus, ora em uma atitude de altiva desaprovação, ora seguindo os seus movimentos com olhar grave, intrigado e recriminador.

"Olhem!", comentavam as pessoas. "Que pena! Um tipo jovem daquela idade ligado a uma mulher de quarenta e cinco anos. Deve ser vinte anos mais novo que ela." Tinham se esquecido – como é inevitável que as pessoas se esqueçam – de que, na passada década de 1880, as suas mamães e os seus papais também tinham feito comentários a respeito desse mesmo desarmônico casal.

A crescente infelicidade de Benjamin em casa era compensada pelos seus muitos novos interesses. Dedicou-se ao golfe e teve grande êxito. Tomou gosto pela dança: em 1906, era perito em "The Boston", e em 1908 foi considerado competente no "Maxime", enquanto em 1909 o seu "Castle Walk" causava inveja a todos os homens jovens da cidade. É claro que as suas atividades sociais interferiam, em certa medida, no seu negócio, mas a verdade é que trabalhara duramente no ramo de ferragens por atacado e achava que podia entregá-lo ao filho, Roscoe, recentemente licenciado pela Harvard. O certo é que, frequentemente, ele e o filho eram confundidos um com o outro. Isso agradava a Benjamin, que não tardou a esquecer o medo insidioso que se apoderara dele no regresso da Guerra Hispano-Americana e passou a sentir um ingênuo prazer com a sua aparência. Havia apenas um senão no delicioso unguento: detestava aparecer em público com a mulher. Hildegarde tinha quase cinquenta anos, e o aspecto dela o fazia sentir-se absurdo…

Em certo dia de setembro de 1910, poucos anos depois de a Roger Button & Co., Loja de Ferragens, ter passado para as mãos do jovem Roscoe Button, um homem que aparentava vinte anos inscreveu-se como calouro na Universidade de Harvard, em Cambridge. Não caiu na besteira de anunciar que já havia passado dos cinquenta anos e também não mencionou que o filho se formara na mesma instituição dez anos antes.

Foi admitido e atingiu quase de imediato uma situação proeminente na turma, em parte por parecer um pouco mais velho que os outros calouros, cuja idade média era de dezoito anos.

Mas o seu êxito deveu-se em grande medida ao fato de, no jogo de futebol com a Yale, ter jogado tão brilhantemente, com tanto ímpeto e com uma fúria tão intensa e implacável que marcara sete *touch-downs* e catorze *field goals* por Harvard e fizera com que onze homens da Yale, ou seja, uma equipe inteira, fossem levados um por um do campo, todos eles inconscientes. Foi o homem mais célebre da universidade.

Pode parecer estranho, mas no seu terceiro ano não conseguiu ser titular da equipe. Os treinadores diziam que ele perdera peso e até parecia, aos mais observadores, que não estava tão alto quanto antes. Já não marcava *touch-downs* – na realidade, foi mantido na equipe principalmente pela

esperança de que a sua enorme reputação causasse terror e desorganização à equipe da Yale.

Em seu último ano, ele não fez parte do time. Havia ficado tão débil e frágil que um dia foi tomado por alguns alunos do segundo ano como um calouro, um incidente que o humilhou terrivelmente. Ele se tornou conhecido como uma espécie de prodígio, um veterano que certamente não tinha mais de dezesseis anos, e muitas vezes ficava chocado com os prazeres mundanos de alguns de seus colegas de classe. Seus estudos pareciam ficar mais difíceis, achava que eram muito avançados. Ele tinha ouvido seus colegas falar de St. Midas, uma famosa escola preparatória na qual tantos deles estudaram para a faculdade, e decidiu que, depois de sua formatura, ingressaria ele mesmo em St. Midas, onde a vida protegida entre meninos de seu próprio tamanho seria mais adequada para ele.

Depois da formatura, em 1914, ele voltou para casa em Baltimore com o diploma de Harvard no bolso. Hildegarde agora morava na Itália, então Benjamin foi morar com o filho, Roscoe. Mas, embora ele fosse bem-vindo de maneira geral, obviamente não havia cordialidade no sentimento de Roscoe em relação a ele, havia até mesmo uma tendência perceptível da parte do filho de pensar que Benjamin, enquanto andava de bicicleta pela casa no auge da adolescência, estava atrapalhando um bocado. Roscoe agora estava casado e era um proeminente cidadão na vida de Baltimore. Ele não queria que nenhum escândalo em sua família abalasse os alicerces que construíra.

Benjamin, não mais *persona grata* entre as debutantes e os jovens universitários, viu-se muito sozinho, exceto pela companhia de três ou quatro meninos de quinze anos da vizinhança. Sua ideia de ir para a escola St. Midas voltou a martelar sua cabeça.

– Vamos – disse ele a Roscoe certo dia –, eu já disse várias vezes que quero ir para a escola preparatória.

– Bem, então vá – respondeu Roscoe brevemente.

O assunto era desagradável para ele, e desejava evitar uma discussão.

– Não posso ir sozinho – disse Benjamin, sentindo-se desamparado. Você vai ter de me matricular e me levar até lá.

– Não tenho tempo – declarou Roscoe abruptamente. Seus olhos se estreitaram, e ele olhou inquieto para o pai. – Na verdade – ele acrescentou –, é melhor você não continuar com esse negócio por muito mais tempo. É melhor você parar. É melhor você… é melhor… – Ele fez uma pausa, e seu rosto ficou vermelho, enquanto procurava as palavras. – É melhor você virar e voltar para o outro lado. Isso foi longe demais para ser uma piada. Não é mais engraçado. Você… você… comporte-se!

Benjamin olhou para ele, à beira das lágrimas.

– E outra coisa – continuou Roscoe –, quando houver visitas na casa, quero que você me chame de "tio", e não de "Roscoe", mas de "tio", entendeu? Parece absurdo para um menino de quinze anos me chamar pelo primeiro nome. Talvez seja melhor você me chamar de "tio" o tempo todo, para se acostumar com isso.

Com um olhar severo para o pai, Roscoe afastou-se…

10

Ao término da entrevista, Benjamin vagou tristemente escada acima e se olhou no espelho. Fazia três meses que não se barbeava, mas não conseguiu encontrar nada no rosto, a não ser uma leve penugem com a qual parecia desnecessário se intrometer. Quando voltou de Harvard pela primeira vez, Roscoe o abordou com a proposta de que ele usasse óculos e imitações de suíças coladas nas faces, e pareceu por um momento que a farsa de seus primeiros anos se repetiria. Mas as suíças coçavam e o deixavam envergonhado. Ele chorou, e Roscoe cedeu com relutância.

Benjamin abriu um livro de histórias de meninos, *Os escoteiros da baía de Bimini*, e começou a ler. Mas ele se pegou pensando persistentemente sobre a guerra. A América havia aderido à causa aliada durante o mês anterior, e Benjamin queria se alistar, mas, infelizmente, dezesseis anos era a idade mínima, e ele não parecia tão velho. Sua verdadeira idade, que era de cinquenta e sete anos, o teria desqualificado de qualquer maneira.

Bateram à sua porta, e o mordomo apareceu com uma carta com um grande selo oficial no canto e endereçada ao senhor Benjamin Button. Benjamin abriu a carta ansiosamente e leu-a com prazer. Informava-o de que muitos oficiais da reserva que haviam servido na Guerra Hispano--Americana estavam sendo chamados de volta ao serviço com uma patente mais elevada, e dentro estava sua convocação como brigadeiro-general do Exército dos Estados Unidos com ordens de se apresentar imediatamente.

Benjamin saltou de pé, tremendo de entusiasmo. Isso era o que ele queria. Pegou o boné e, dez minutos depois, entrou em uma grande alfaiataria na Rua Charles e pediu, com sua voz aguda e hesitante, que lhe fizessem um uniforme.

– Quer brincar de soldado, filho? – perguntou o balconista casualmente. Benjamin enrubesceu.

– Vamos! Não importa o que eu quero! – respondeu com raiva. – Meu nome é Button e moro em Mt. Vernon Place, então você sabe que tenho crédito e posso pagar.

– Bem – admitiu o balconista, hesitante –, se você não tiver condições de pagar, acho que seu pai tem.

O alfaiate tirou as medidas de Benjamin, e uma semana depois seu uniforme estava pronto. Ele teve dificuldade em obter a insígnia de general adequada, porque o negociante insistia com Benjamin que um belo distintivo da Y.W.C.A. teria a mesma aparência e seria muito mais divertido de brincar.

Sem dizer nada a Roscoe, ele saiu de casa uma noite e seguiu de trem para o Campo Mosby, na Carolina do Sul, onde comandaria uma brigada de infantaria. Em um dia abafado de abril, ele se aproximou da entrada do acampamento, pagou o táxi que o levara da estação e dirigiu-se à sentinela de guarda.

– Pegue alguém para cuidar da minha bagagem! – disse altivamente.

A sentinela olhou para ele com reprovação.

– Vamos – comentou –, aonde você vai com as imitações de general, filho?

Benjamin, veterano da Guerra Hispano-Americana, voltou-se para ele com fogo nos olhos, mas, infelizmente, com uma mudança de voz aguda.

– Atenção! – tentou, em tom autoritário, então fez uma pausa para respirar, e de repente viu a sentinela estalar os calcanhares e apresentar seu rifle.

Benjamin disfarçou um sorriso de satisfação, mas, quando olhou em volta, seu sorriso desapareceu. Não foi ele quem inspirou a obediência, mas um imponente coronel de artilharia que se aproximava a cavalo.

– Coronel! – chamou Benjamin estridentemente.

O coronel se aproximou, puxou as rédeas e olhou friamente para ele com um brilho nos olhos.

– De quem você é filho, garotinho? – perguntou gentilmente.

– Eu logo vou lhe mostrar quem eu sou! – respondeu Benjamin com um tom feroz na voz. – Desça desse cavalo!

O coronel caiu na gargalhada.

– Que quer, hein, general?

– Aqui! – exclamou Benjamin desesperadamente. – Leia isto. – E empurrou sua convocação para o coronel.

O coronel leu, os olhos saltaram das órbitas.

– Onde você conseguiu isto? – questionou, colocando o documento no bolso de seu uniforme.

– Recebi do governo, como você logo descobrirá!

– Venha comigo – disse o coronel com ar peculiar. – Nós iremos até a sede e conversaremos sobre isso. Venha.

O coronel virou-se e começou a andar com seu cavalo na direção do quartel-general. Não havia mais nada para Benjamin fazer a não ser seguir com a dignidade que lhe era possível, enquanto prometia a si mesmo uma vingança terrível.

Mas essa vingança não se concretizou. Dois dias depois, entretanto, seu filho Roscoe se materializou de Baltimore, com o calor e a raiva de uma viagem apressada, e escoltou o general em prantos, sem uniforme, de volta para sua casa.

O primeiro filho de Roscoe Button nasceu em 1920. No entanto, durante os festejos inerentes, ninguém achou adequado mencionar que o rapazinho encardido, que aparentava cerca de dez anos e brincava pela casa com soldadinhos de chumbo e um circo em miniatura, era o próprio avô do bebê.

Ninguém antipatizava com o rapazinho, em cujo rosto fresco e alegre havia uma sombra, apenas uma sombra, de tristeza, mas, para Roscoe, a presença dele era uma fonte de tormento. De acordo com a gíria de sua geração, Roscoe não considerava o assunto "eficiente". Parecia-lhe que o pai, ao recusar-se a aparentar sessenta anos, não se comportara como um "macho de sangue bem vermelho" – esta era a expressão favorita de Roscoe –, mas sim de modo curioso e perverso. Na realidade, pensar no assunto por meia hora que fosse o deixava à beira da insanidade. Roscoe acreditava que os bagunceiros deveriam manter-se jovens, mas aplicar a norma em semelhante escala era, enfim, contraproducente.

Cinco anos depois, o rapazinho de Roscoe tinha idade suficiente para brincadeiras infantis com o pequeno Benjamin, sob a vigilância da mesma ama. Roscoe levou ambos para o jardim de infância no mesmo dia, e Benjamin descobriu que brincar com fitas de papel colorido, fazer tapetes,

correntes e belos e curiosos desenhos era fascinante. Uma vez teve mau comportamento e ficou de castigo num canto. Então chorou por causa do castigo, mas na maior parte do tempo havia horas divertidas na alegre sala, com o sol a entrar pelas janelas e a mão bondosa de senhorita Bailey a pousar um momento, de vez em quando, no seu cabelo bagunçado.

O filho de Roscoe passou para o primeiro ano um tempo depois, mas Benjamin permaneceu no jardim de infância. Sentia-se muito feliz. Às vezes, quando outras crianças falavam do que fariam quando crescessem, perpassava uma sombra pelo pequeno rosto de Benjamin, como se ele compreendesse, de modo vago e infantil, que nunca partilharia aquelas coisas.

Os dias fluíam monotonamente. Ele voltou, pelo terceiro ano, para o jardim de infância, mas tornara-se agora pequeno demais para compreender para que serviam as reluzentes folhas de papel. O professor falava com ele, mas, embora tentasse compreender, Benjamin não entendia absolutamente nada.

Tiraram-no do jardim de infância. A sua ama, Nana, com seu vestido engomado de algodão listrado, tornou-se o centro do minúsculo mundo dele. Nos dias ensolarados, passeavam no parque. Nana apontava para um grande monstro cinzento e dizia "elefante", e depois Benjamin repetia, e à noite, quando o despiam para se deitar, ele não se cansava de lhe repetir, em voz alta: "Elifante, elifante, elifante". Às vezes Nana o deixava pular em cima da cama, e isso era divertido, porque, se sentamos de modo exatamente certo, depois ficamos de novo em pé, e, se dizemos "Ah" durante muito tempo enquanto pulamos, obtemos um agradável efeito vocal.

Ele adorava tirar uma grande bengala do cabide e andar por ali batendo com ela em cadeiras e mesas, dizendo: "Luta, luta, luta". Quando

havia pessoas presentes, as senhoras idosas riam-se dele, com um riso que lembrava um cacarejo, o que lhe interessava, e as senhoras jovens tentavam beijá-lo, o que ele consentia com plácido enfado. Quando o longo dia terminava, às cinco horas, ia com Nana para o andar de cima e deixava-se alimentar, às colheradas, com papas de aveia e comidas moles.

Não havia recordações penosas no seu sono infantil; não lhe acudiam lembranças dos seus arrojados anos na faculdade, dos anos esplendorosos em que fizera palpitar o coração de muitas jovens.

Havia apenas as laterais brancas e seguras do seu berço, Nana e um homem que o visitava de vez em quando, e uma grande bola cor de laranja para a qual Nana apontava pouco antes da sua hora de dormir e à qual chamava de "sol". Quando o sol se punha, os olhos dele ficavam ensonados: não havia sonhos que o assombrassem.

O passado, o ataque selvagem aos seus homens que subiam a colina San Juan; os primeiros anos de seu casamento, quando trabalhava até tarde no crepúsculo do verão, na movimentada cidade em que vivia com a jovem Hildegarde, a quem ele amava; os dias anteriores a isso, em que ficava fumando com seu avô noite adentro, na velha casa sombria dos Buttons, na Monroe Street – tudo isso desapareceu como se fossem sonhos irreais, como se nunca houvessem existido.

Não lembrava. Não lembrava com clareza se o leite estava morno ou frio na última vez que tomara, nem como os dias passavam. Havia apenas o seu berço e a presença familiar de Nana. E então ele se esqueceu de tudo. Quando estava com fome, chorava, e isso era tudo. Durante as tardes e as noites, ele apenas respirava, e havia sobre ele suaves resmungos e murmúrios que ele mal ouvia, odores levemente diferenciados, luz e escuridão.

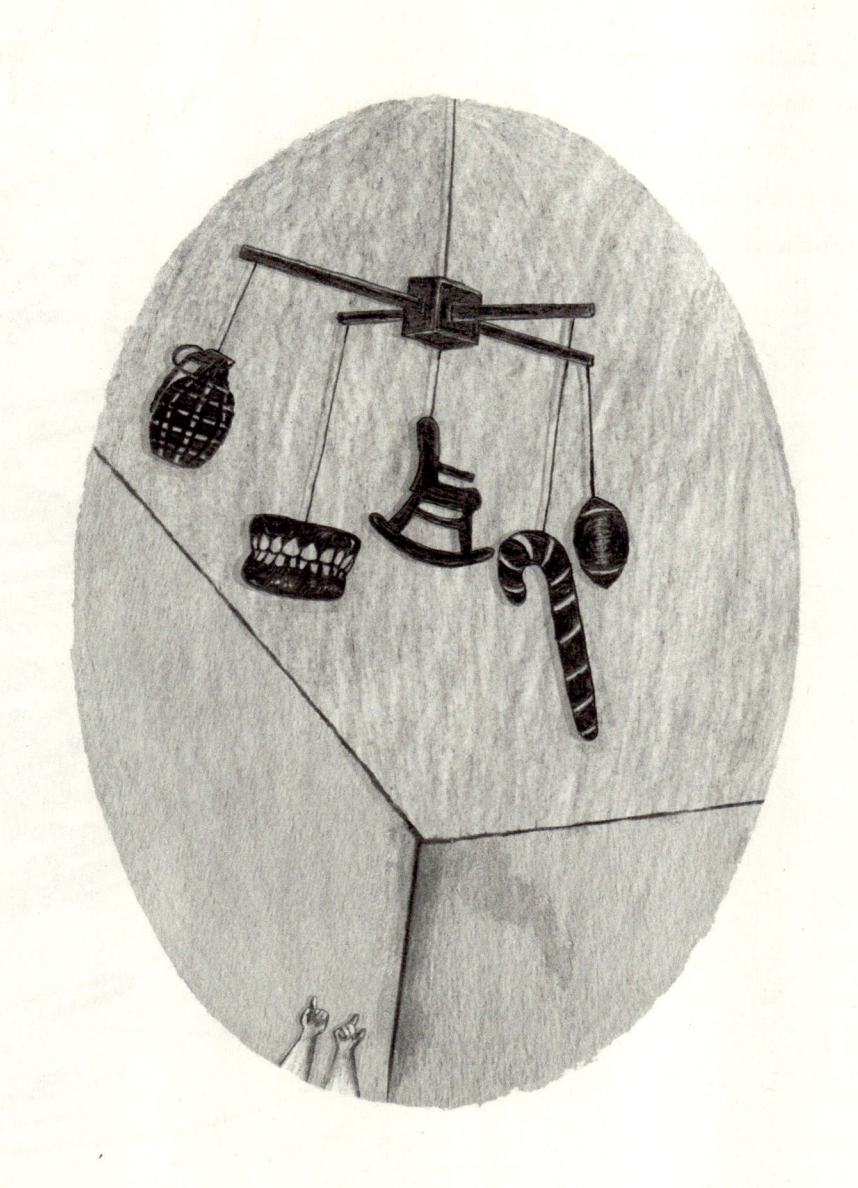

Então tudo ficou escuro,
e seu berço branco, os
rostos sombrios que se
moviam sobre ele e o
aroma doce e morno do
leite se desvaneceram por
completo da sua mente.